Sumchi

AMÓS OZ

Sumchi
Uma fábula de amor e aventura

TRADUÇÃO DO HEBRAICO
Paulo Geiger

ILUSTRAÇÕES
Carla Caffé

1ª *reimpressão*

COMPANHIA DAS LETRAS

Copyright © 1978 by Amós Oz
Copyright das ilustrações © 2019 by Carla Caffé
Todos os direitos reservados.

Grafia atualizada segundo o Acordo Ortográfico da Língua Portuguesa de 1990, que entrou em vigor no Brasil em 2009.

TÍTULO ORIGINAL Soumchi [סומכי]
CAPA Claudia Espínola de Carvalho
ILUSTRAÇÕES DE CAPA E MIOLO Carla Caffé
PREPARAÇÃO Cláudia Cantarin
REVISÃO Valquíria Della Pozza e Clara Diament

Dados Internacionais de Catalogação na Publicação (CIP)
(Câmara Brasileira do Livro, SP, Brasil)

Oz, Amós, 1939-2018.
Sumchi : uma fábula de amor e aventura / Amós Oz ; tradução Paulo Geiger ;
ilustrações Carla Caffé. — 1ªed. — São Paulo : Companhia das Letras, 2019.

Título original: סומכי.
ISBN 978-85-359-3214-0

1. Ficção 2. Ficção israelense I. Título.

19-23930   CDD-892.43

Índice para catálogo sistemático:
1. Ficção : Literatura israelense 892.43
Iolanda Rodrigues Biode — Bibliotecária — CRB-8/10014

[2021]
Todos os direitos desta edição reservados à
EDITORA SCHWARCZ S.A.
Rua Bandeira Paulista, 702, cj. 32
04532-002 — São Paulo — SP
Telefone: (11) 3707-3500
www.companhiadasletras.com.br
www.blogdacompanhia.com.br
facebook.com/companhiadasletras
instagram.com/companhiadasletras
twitter.com/cialetras

Para meus filhos, Fania, Galia e Daniel

Sumário

INTRODUÇÃO — Sobre trocas   9

1. Assim floresceu o amor   13

2. Uma alma grande e generosa   21

3. "Quem subirá à montanha do Senhor?"   35

4. O patrimônio ou a vida   49

5. Com todos os diabos   67

6. Tudo está perdido   79

7. Uma noite de amor   93

EPÍLOGO — Tudo bem   115

GLOSSÁRIO E NOTAS   121

Introdução

Sobre trocas

*Na introdução surgirão diversas ideias, lembranças,
comparações e conclusões. Pode-se pular tudo isso e ir
diretamente ao primeiro capítulo, onde a história de fato começa.*

Tudo se troca. Por exemplo, a maioria dos meus conhecidos e amigos trocam uma casa velha por uma casa nova, trocam entre si cumprimentos de bom-dia, trocam ações por títulos de renda fixa, ou, ao contrário, trocam bicicleta por motocicleta e motocicleta por automóvel. Trocam selos e moedas, trocam de cortina e de profissão, trocam cartas, trocam ideias e opiniões, e há quem troque sorrisos. No bairro de Shaarei Chessed morou um caixa de banco que em um único mês trocou de casa e de mulher, trocou o aspecto de seu rosto (deixou crescer um bigode vermelho e longas costeletas, avermelhadas também), trocou o nome, o sobrenome e seus hábitos de alimentação e de sono; resumindo, trocou tudo. Um belo dia esse caixa se tornou baterista de um clube noturno. (Mas na verdade não foi um caso de troca, foi como uma meia na qual se enfia a mão para revirá-la toda, de dentro para fora: foi uma reviravolta, e não uma troca.)

E, aliás, enquanto estamos falando e filosofando, o mundo à nossa volta vai se trocando também: o verão ainda está azul e transparente em todo o país, ainda faz calor e o céu queima lá em cima, mas já se pode sentir à tardinha um novo frescor. À noite o vento sopra trazendo o cheiro de nuvens. E as folhas começam lentamente a avermelhar ou acastanhar, o mar está um pouco mais azul do que estava, a terra um pouco mais marrom, e até os ecos distantes estão um pouco mais distantes.

Tudo.

Eu, quando tinha mais ou menos onze anos e alguns meses, fiz quatro ou cinco trocas no mesmo dia. Esta história pode começar com David Tsemach e pode começar com Esti. Vou começar com Esti.

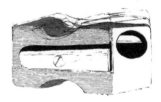

1.
Assim floresceu o amor

Neste capítulo finalmente serão reveladas algumas coisas particulares que até hoje foram mantidas em total segredo, entre elas o amor e outros sentimentos.

Havia em nossa rua, a rua Zecharia, uma menina chamada Esti. Eu a amava. Pela manhã, à mesa do desjejum, com uma fatia de pão na boca, eu dizia baixinho para mim mesmo: "Esti". Ao que me pai respondia dizendo:

"Não abra a boca enquanto está mastigando."

E à noite diziam de mim:

"O menino maluco trancou-se de novo no banheiro e ficou brincando com água."

Mas eu não estava brincando com água, só enchia bem a pia e com o dedo escrevia o nome dela na superfície das ondas. Às vezes, à noite, sonhava que Esti de repente apontava para mim na rua e gritava: "Ladrão! Ladrão!", e eu, assustado, começava a fugir e ela me perseguia, e todos me perseguiam, Bar Kochba Sochovolsky e Goel Germansky e Aldo e Eli Weingarten, e a perseguição continuava por pátios e quintais, passando por cercas e ferros-velhos, ruínas e ruelas, e todos os que me perseguiam iam se cansando e aos poucos começavam a desistir e a ficar para trás, e apenas Esti corria atrás de mim sem diminuir o ritmo e no fim só nós dois corríamos e chegamos quase juntos em um lugar distante, um depósito de madeira ou uma lavanderia num telhado, ou numa sombra escura em forma de triângulo no vão da escada de uma casa estranha, e então o sonho ficava doce e terrível, e de tanta vergonha a gente acorda quase chorando um pouco, à noite. Escrevi dois poemas de amor no ca-

derno preto que perdi no bosque de Tel-Arza, e talvez seja bom que eu o tenha perdido.

E o que Esti sabia?

Esti não sabia de nada. Ou sabia e se espantava.

Por exemplo: uma vez, na aula de geografia, eu levantei o dedo e, quando me deixaram falar, eu disse com grande convicção:

"O lago Chule também se chama Sumchi."

É claro que toda a turma explodiu numa grande e abominável gargalhada. O que eu disse era verdade, verdade verdadeira, de acordo com a enciclopédia, e mesmo assim nosso professor, o sr. Shitrit, se confundiu por um instante e até me perguntou com raiva:

"E com base em quê você afirma isso?"

Mas a turma já estava uma balbúrdia, além de todo limite, e de todos os lados gritavam sem parar:

"Sumchi, Sumchi, com base em Sumchi!", e o sr. Shitrit ficou inflado e vermelho e berrou, como costumava fazer:

"Calem-se todas as bocas!"

E também:

"Que nenhum cão mova sua língua!"*

Cinco minutos depois, as coisas se acalmaram na turma, mas eu continuei sendo Sumchi até quase o fim da oitava série. Contei tudo isso aqui sem segundas intenções, para salientar um detalhe importante: o bilhete que Esti me enviou no fim daquela aula de geografia, e nele estava escrito assim:

"Seu maluco, por que você diz coisas que lhe trazem problemas? Pare com isso!"

E lá embaixo do bilhete, numa dobra, em letras muito menores:

"Mas não faz mal. E."

Então, o que Esti sabia?

Esti não sabia de nada e talvez soubesse e se espantasse. De maneira alguma eu pensaria em esconder uma carta de amor na pasta dela, como Eli Weingarten fez com Nurit, nem pedir à casamenteira Raanana que dissesse algo a Esti por mim, como fez Tarzã Bamberger, também com Nurit.

Ao contrário: sempre que tinha oportunidade, eu puxava as tranças de Esti. E no maravilhoso suéter branco que ela usava na primavera, muitas vezes se grudava o chiclete mastigado que eu colava em sua carteira.

Por quê, na verdade?

Por nada. Porque não. Para ela saber.

E as duas mãos dela, tão fininhas, eu torcia quase com toda a minha força por trás das costas dela até Esti começar a me xingar e me arranhar com suas unhas, sem nunca, porém, implorar que a soltasse. Era isso que eu fazia a Esti, e coisas piores que isso: fui eu quem inventei para ela o apelido de "Clementine" (naquela época havia em Jerusalém uma canção inglesa, cantada por soldados ingleses da Base Schneller: *"Oh my darling, oh my darling, oh my darling Clementine!"*), e nossas garotas até que ficavam entusiasmadas, e ainda meio ano depois, quando tudo passou, na festa de Chanuká,* nós ainda chamávamos Esti de "Tina", que vem de Clementina, que vem da minha Clementine.

E Esti?

Ela achou uma só palavra para mim e ficava me

18

chamando assim já de manhã, a primeira coisa de manhã, antes mesmo de eu começar a atazaná-la:

"Nojento."

Ou então:

"Que nojo, você."

No recreio das dez eu provocava Esti duas ou três vezes até magoá-la e brotarem lágrimas. Por isso a nossa educadora, Chemda, me aplicava castigos que eu enfrentava como um homem, com os lábios bem apertados.

Foi assim que floresceu o amor, sem acontecimentos especiais até o dia seguinte à festa de Shavuot.* Esti chorava por minha causa no recreio das dez, e eu por causa dela à noite.

2.
Uma alma grande
e generosa

O tio Tsemach ultrapassa todos os limites, e eu saio para uma jornada nas fontes do rio Zambeze (no continente africano).

Na festa de Shavuot o tio Tsemach veio de Tel Aviv e me trouxe uma bicicleta de presente.

Na verdade, meu aniversário cai entre Pessach e Lag Baomer,* mas para o tio Tsemach todas as festas eram mais ou menos iguais, com exceção de Tu-be-Shevat,* pela qual tinha um respeito fora de série. Ele dizia:

"Em Chanuká, todas as crianças de Israel aprendem na aula a ter raiva dos malvados gregos. Em Purim* — a ter raiva dos persas. Em Pessach elas odeiam o Egito, e em Lag Baomer, Roma. Primeiro de Maio é o dia das demonstrações contra a Inglaterra, em Tishá-beAv* se jejua contra Babilônia e Roma, no vigésimo dia do mês de Tamuz* morreram Herzl* e Bialik,* e no décimo primeiro de Adar* se relembra, para toda a eternidade, o que os árabes fizeram a Trumpeldor e seus companheiros em Tel-Chai.* Só em Tu-beShevat não brigamos com ninguém e não tivemos problemas, mas, parece de propósito — só para nos irritar —, no mês de Shevat* quase sempre está chovendo."

O tio Tsemach, assim me explicaram, era o filho mais velho de vovó Emília, de seu primeiro casamento, antes de ter casado com o vovô Izidor. Às vezes, quando se hospedava lá em casa, o tio Tsemach me levantava da cama às cinco e meia da manhã e me incitava, baixinho, a me esgueirar com ele até a cozinha, onde fritava para nós uma omelete dupla e secreta. Naquelas manhãs, uma espécie de faísca alegre, quase indecente, brilhava em seus olhos, e ele agia como se nós dois pertencêssemos a um perigoso bando de malfeitores, e que só por um momento estávamos nos satisfazendo com traquinagens relativamente inocentes, como fritar uma omelete dupla às escondidas.

Em nossa família a opinião sobre o tio Tsemach era, em geral, bem desfavorável. Diziam, por exemplo, assim: "Com catorze anos, em Varsóvia, ele já era um pequeno especulador na rua Nalevky, e agora ele especula na rua Bugrashov, em Tel Aviv. Não mudou nada. Nem mesmo ficou queimado de sol. Que figura. Não há o que fazer".

Para mim, esta última observação era uma espetadela boba, feia, e até mesmo injusta: o tio Tsemach não se queimara de sol porque não podia. Era só isso. Mesmo que fosse designado para ser salva-vidas na praia, não ia conseguir se bronzear, ia ficar todo vermelho, criar bolhas e depois descascar todinho. Ele era assim: muito branco e magro. Não era alto, parecia ter sido recortado em papel, tinha cabelo esbranquiçado e olhos de lebre, vermelhos.

Naquela época eu não sabia o significado do termo "especulador", mas intimamente eu o traduzi mais ou menos assim: o tio Tsemach estava acostumado a vestir camiseta e calças cáqui que lhe chegavam aos joelhos, e a adormecer assim uniformizado diante de um aparelho de rádio que estava funcionando desde Varsóvia, e ele não tinha mudado para melhor, e continuava a praticar esse estranho hábito de adormecer junto a um rádio ligado vestindo camiseta e calças cáqui aqui também, em Tel Aviv, na rua Bugrashov.

Ora, eu pensava comigo mesmo, e o que tem isso?

Além do mais, o tio Tsemach morava na rua Gruzenberg, e não na rua Bugrashov.

E, além disso, ele às vezes do nada começava a entoar, cantando, com imensa emoção e numa voz entrecortada e fragmentada:

A estrada parece-me tão distante,
o caminho sinuoso e fugidio...

e a respeito disso os outros ficavam trocando — em iídiche, para eu não entender — uns sussurros preocupados em que no fim sempre borbulhava a palavra *meshiguener*, isto é — maluco. No entanto, quando o tio Tsemach entoava essa ou outra canção, não me parecia um maluco, e sim uma pessoa triste.

E às vezes não estava triste; triste, de jeito nenhum; ao contrário — estava alegre e muito divertido.

Por exemplo, sentava-se com meu pais e com a tia solteira Edna na nossa varanda, ao entardecer, e falava coisas que são totalmente proibidas de serem ditas na presença de crianças: sobre negócios e lucros, sobre terrenos e tramoias, sobre notas de dinheiro e sobre moedas, sobre escândalos e traições no meio artístico, e às vezes falava coisas sujas até o silenciarem com uma repreensão enérgica:

"Quieto! Iotsemach! O que há com você? Enlouqueceu de vez? Não vê que o menino está aqui ouvindo tudo, e ele já não é nenhum bebê!"

E os presentes que ele me trazia!

O tio Tsemach sempre inventava presentes surpreendentes, e até excitantes. Uma vez trouxe para mim um álbum de selos chineses que pipilava quando o abriam. Outra vez foi um jogo parecido com Monopólio, mas na língua turca. Uma vez foi uma pistola preta que esguichava um jato d'água no inimigo. E numa outra vez me trouxe um pequeno aquário que tinha dentro um casal de barrigudinhos que não era um casal, e sim, como se constatou depois, dois verdadeiros machos. Uma vez ele me deu um fuzil de brinquedo que atirava flechas ("Você perdeu o juízo, Iotsemach? Com isso o menino pode, Deus nos livre, furar o olho de alguém!"), e num sábado de inverno ganhei do tio Tsemach uma nota de dinheiro nazista, que nenhum garoto do bairro tinha uma igual ("Realmente, Iotsemach, isso já está passando dos limites!"). Na noite do Seder* de Pessach ele me trouxe de presente seis ratinhos brancos numa gaiola ("E o que mais você vai dar ao menino? Cobras? Piolhos? Quem sabe baratas?").

Desta vez, para comemorar a festa de Shavuot, o tio Tsemach veio, ao longo de todo o percurso da estação rodoviária, na rua Jaffa, até o quintal de nossa casa, montado numa bicicleta de segunda mão da marca Rally, com todos os acessórios: tinha uma campainha, e também um farol, tinha uma cesta e olho de gato atrás; só faltava a barra que liga o selim ao guidão, que nós chamamos de "quadro".

Eu, de tão alegre que fiquei, não percebi no primeiro momento como essa ausência era grave.

Minha mãe disse:

"Desta vez você realmente exagerou um pouco, Tsemach. O garoto só tem onze anos. Então o que você vai dar a ele no bar mitsvá?"

"Um camelo", respondeu o tio Tsemach imediatamente e com indiferença total, como se tivesse antecipado essa pergunta.

Meu pai disse:

"Talvez você devesse pensar uma vez que fosse nas consequências sob o ponto de vista educacional. Sério, Tsemach, aonde tudo isso vai dar?"

Não esperei pela resposta. Estava pouco ligando para onde tudo aquilo ia dar. Doidinho de orgulho e de alegria, corri para meu lugar, nos fundos da casa,

empurrando minha bicicleta. Lá, sem que ninguém visse, beijei o guidão da bicicleta e beijei algumas vezes o dorso de minha mão, em seguida gritei baixinho:

"Deus nosso Senhor, Deus nosso Senhor, Deus nosso Senhor."

Então, um grito selvagem irrompeu do fundo do meu peito:

"Hi-ma-la-ia!"

Depois encostei a bicicleta em uma árvore e dei um pulo bem alto.

Quando sosseguei um pouco, avistei meu pai.

Ele estava acima de mim, na janela, e ficou olhando na minha direção em silêncio até eu terminar o que estava fazendo. Ao final, meu pai falou:

"Está bem. Que seja. Só peço uma coisa, que nós dois façamos agora um pequeno acordo. Você vai andar na sua bicicleta nova no máximo uma hora e meia por dia. Não mais do que isso. Vai andar sempre do lado direito da rua, mesmo que não haja nenhum carro passando. E vai ficar sempre no limite formado pelas ruas Malachi, Tsefania, Zecharia, Ovadia e Amos. Na rua Gueula você não irá jamais, pois nela estão sempre passando motoristas ingleses da Base Schneller, e eles muitas vezes estão bêbados, ou simplesmente odeiam os judeus, ou ambas as coisas. E nos cruzamentos trate de usar o seu bom senso, por favor."

O tio Tsemach disse:

"Nas asas de águias!"

E minha mãe:

"Sim, mas com cuidado."

E eu disse:

"Está bem. Shalom."

Depois, quando me afastava deles, acrescentei:

"Vai ficar tudo bem."

E saí para a rua.

E como ficaram me olhando todas as crianças da vizinhança, os meus colegas de turma e também os mais jovens e os mais velhos! De esguelha, para que não percebessem, eu também olhei para eles e vi a inveja, e a zombaria, e a maldade.

Que importa?

Bem devagar, eu passava por eles, como num desfile, sem montar em minha bicicleta e sim a empurrando com uma das mãos, calmamente ao longo da calçada, debaixo do nariz das crianças, assumindo no rosto uma expressão pensativa e um tanto modesta, como quem diz:

"Nada demais. Uma bicicleta Rally. Vocês têm direito, é claro, de explodir agora mesmo, mas façam isso, por favor, por responsabilidade e conta própria, pois isso não me diz respeito."

E de fato Eli Weingarten não conseguiu mais ficar calado. Ele começou a falar com uma frieza científica, como se de repente tivesse descoberto e identificado um lagarto estranho no campo:

"Olhem só para isso. Compraram para Sumchi uma bicicleta de meninas. Sem quadro."

"Em breve também vão lhe comprar um vestido para o Shabat",* disse Bar Kochba Sochovolsky, sem se dar ao trabalho de olhar para mim e sem parar de jogar e pegar no ar com grande agilidade duas moedas de uma só vez.

"Sumchi ficaria bem com dois laços cor-de-rosa no cabelo!" (Era a voz de Tarzã Bamberger.)

"Ele e Esti vão ser melhores amigas." (Novamente Bar Kochba.)

"Só que Esti já usa sutiã, e Sumchi ainda não!" (O desprezível Eli Weingarten.)

Então, num instante, eu decidi: chega. Já era o bastante. Até demais.

Em vez de xingar ou começar a quebrar os ossos deles um a um, eu fiz um gesto obsceno com um dedo da mão esquerda (como o que fizera o tio Tsemach quando mencionaram o nome do ministro do Exterior britânico, Bevin), dei a volta imediatamente e saí de lá montado em minha bicicleta em direção à descida da rua Tsefania.

Que falassem.

Que me importava?

Além disso, por uma questão de princípio, não começo uma briga com crianças mais fracas que eu. Além disso, que história era aquela de Esti? Que Esti era essa na cabeça deles? Por fim: hoje mesmo eu me mando daqui em minha bicicleta nova e sigo adiante, para o sul, e mais adiante, por Katamon e Talpiot, na estrada para Belém, Hebron e Beer Sheva, para o deserto do Neguev e do Sinai, para o coração da África, até chegar às nascentes do rio Zambeze, solitário e corajoso, entre os nativos sedentos de sangue.

Mas, seguindo meu caminho, no final da rua Tsefania, perguntei a mim mesmo por que aqueles miseráveis me odiavam tanto, e bem no fundo de meu coração soube de repente que eu também tinha uma parcela de culpa.

Imediatamente fiquei aliviado: se uma pessoa é capaz de ter pena até mesmo daqueles que mais a odeiam, é sinal de que tem uma alma imensa e generosa, e nenhuma força no mundo, nenhum obstáculo poderá deter uma pessoa assim em sua descoberta de terras desconhecidas. Agora vou fazer uma visita ao Aldo, decidi, para me aconselhar, e de lá, sem demora, ainda hoje, continuarei em meu caminho para a África.

33

3.
"Quem subirá à montanha do Senhor?"

*Aqui se contará sobre um acordo, sobre a assinatura
de um contrato, sobre planos fabulosos e sobre lugares distantes
nos quais o homem ainda não pôs os pés.*

B em no fim da rua Tsefania, na penúltima casa,
mora meu amigo Aldo Castelnuovo, cujo pai
era um mágico famoso por seus truques com fósfo-
ros e cartas, além de dono da grande agência de via-
gens Orient Express. Eu sabia que Aldo tinha de ver
minha bicicleta nova, porque seus pais já tinham

comprado tudo para ele, tudo mesmo, menos uma bicicleta. Não lhe permitiam ter uma por causa dos diversos perigos e também porque o ato de andar de bicicleta poderia prejudicar o progresso de Aldo no violino.

Assim, assobiei para Aldo do lado de fora, num sinal secreto; ele saiu para me ver e imediatamente compreendeu tudo; então correu para esconder a bicicleta no depósito de telhas abandonado que havia no quintal deles, sem que sua mãe percebesse qualquer movimento suspeito.

Depois entramos os dois na casa e nos fechamos na biblioteca do pai dele, o *professore* Emilio Castelnuovo (que tinha viajado por quatro dias para o Cairo, a negócios).

Como sempre, esse aposento transformado em biblioteca fazia chegar ao meu nariz um cheiro sutil e eletrizante, cheiro de segredos, de tapetes silenciosos e de conspirações, e de estofamentos de couro e de sussurros e de jornadas em lugares distantes. Todo dia, durante todo o verão, as persianas da biblioteca

ficavam cerradas, pois os raios de sol poderiam dani-
ficar as belas encadernações de couro e as letras douradas nelas gravadas.

Tiramos da estante o gigantesco atlas em língua
estrangeira e comparamos cuidadosamente diversos
roteiros no mapa da África. A mãe de Aldo, por inter-
médio da preceptora armênia Luísa, nos mandou
uma bandeja coberta de amendoins, amêndoas, nozes e diversas sementes, e também copos de suco;
copos finos, azuis, e suando de tão gelados.

Quando acabamos com os amendoins e as nozes
e chegamos às sementes, a conversa estava concen-
trada em bicicletas em geral e em minha bicicleta em
particular. Se Aldo tivesse sua própria bicicleta, se-
cretamente, seria possível escondê-la de olhos sus-
peitosos no fundo do depósito de telhas abandonado, e todo sábado de manhã bem cedinho, quando
seus pais certamente estariam dormindo, Aldo poderia sair montado nela sem que ninguém interviesse,
e ir até o fim do mundo. Eu apresentei minhas ideias
de especialista sobre várias peças e acessórios, tipos

de câmara de pneu, sobre baterias em comparação com dínamos, sobre o freio de mão (que se for acionado em alta velocidade provoca imediatamente uma capotagem) em comparação com o freio de contrapedal (que se falhar em plena descida o deixará completamente perdido e você já pode começar a recitar o "Shemá Israel"),* sobre porta-objetos comum e com molas, sobre faróis e olhos de gato, e muito mais. Depois disso, voltamos aos zulus, aos hotentotes e aos bosquímanos, ao que era comum entre eles e ao que era especial de cada tribo, e qual delas era mais perigosa. Eu falava com entusiasmo do terrível *mahdi* da cidade de Cartum, no Sudão, e sobre o Tarzã verdadeiro das florestas de Tanganica, por onde eu passaria em meu caminho para as nascentes do rio Zambeze, nas terras de Ubangui-Chari. Mas Aldo já não estava mais prestando atenção. Estava distraído, mergulhado em algum pensamento, e parecia mais nervoso a cada momento que passava. De repente me interrompeu e começou a falar em sua voz fina, trêmula de tanta excitação:

"Venha, venha para o meu quarto. Vou lhe mostrar uma coisa que você não viu nem mesmo em seus sonhos."

"Mas seja rápido", pedi. "Tenho de continuar minha jornada ainda hoje."

Assim mesmo fui atrás dele. No caminho, atravessamos quase todo o comprimento da casa. A casa da família Castelnuovo era muito espaçosa, cheia de tapetes e de cortinas, limpa porém sempre um pouco escura, mais parecia uma casa no estrangeiro. Na sala de estar, por exemplo, havia um relógio de pêndulo marrom com ponteiros dourados e com letras hebraicas quadradas em vez de algarismos. Havia armários ao longo das paredes, e sobre eles filas e filas de utensílios antigos de madeira e de prata de lei. Havia até um crocodilo, feito de prata, cuja cauda servia de alavanca, de modo que, puxando a cauda e com um leve aperto, os dentes do crocodilo funcionavam como quebra-nozes, à disposição dos hóspedes da família Castelnuovo. A passagem da sala de estar para a comprida sala de jantar ficava dia e noite sob a guarda ameaçadora de Cesário, o cão peludo recheado de algas marinhas, cujos botões que tinha no lugar dos olhos fuzilavam na sua direção.

Na sala de jantar havia uma gigantesca mesa marrom avermelhada, e uma espécie de meia de feltro vestia seus grossos pés. Em letras douradas, na parede da sala de jantar, lia-se o versículo: "Quem subirá à montanha do Senhor, e quem se postará em Seu lugar sagrado?". A resposta a essa pergunta era também o lema da família, e estava gravada na parede em frente, num círculo composto de palavras que rodeava o brasão da família Castelnuovo, um veado azul em cuja galhada se viam dois escudos de Davi. E os dizeres eram: "Quem tiver mãos limpas e o coração puro".

Da sala de jantar, uma porta envidraçada levava a uma salinha, que chamavam de "sala de fumar", onde havia uma parede inteira coberta de quadros imensos: a figura de uma mulher num luxuoso vestido de musselina, um lenço de seda a ocultar a maior parte de seu rosto, mas não seus olhos negros, a mão muito branca estendendo uma moeda de ouro para um mendigo.

Tão brilhante era a moeda no quadro que ela emitia pequenas faíscas para todos os lados, como se fossem fagulhas. E o mendigo estava tranquilamente sentado no canto, vestindo uma túnica branca limpa, a barba também branca, os olhos fechados e um rosto que irradiava luz. Sob o quadro, uma explicação simples gravada num pequena placa de cobre:

"*Caridade.*"

Havia muitas coisas que me deixavam maravilhado naquela casa. Luísa, por exemplo. A preceptora armênia que cuidava de Aldo. Era uma garota de dezesseis ou dezessete anos, morena, muito educada, o tempo todo com um avental branco sobre seu vestido azul, e ambos, o vestido e o avental, sempre pareciam ter chegado naquele momento da tábua de passar. Ela sabia falar com Aldo em italiano, e mesmo assim atendia incondicionalmente às suas ordens. Também a mim Luísa tratava com enorme delicadeza, tratando-me de "jovem senhor" quando se dirigia a mim num hebraico estranho, como se fosse num sonho, a ponto de às vezes eu mesmo me ver como um jovem senhor de verdade. Será que era filha daquela mulher representada no grande quadro exposto na sala de fumar? E, se não, como explicar a semelhança que havia entre as duas? De qualquer maneira, *Caridade*, isso é nome para um quadro? Ou era o nome da mulher do quadro? Quem sabe da pintora que o havia pintado? Quando estávamos na segunda série, tínhamos uma professora chamada Margalit Tsedaká, e foi ela que determinou que o nome hebraico de Aldo seria Eldad. Mas quem é que ia chamar de Eldad um garoto que mora numa casa que tem uma sala especial só para fumar? (Já na casa dos meus pais, nos dois aposentos e na cozinha e no pequeno corredor entre eles, havia mesas de madeira simples com cadeiras de palha trançada. Na primavera floresciam anêmonas ou galhos de amendoeira dentro de vidrinhos de coalhada, e no verão e no outono eram galhos de mirra dentro dos mesmos vidrinhos. E no quadro, na sala grande, via-se um pioneiro com uma enxada no ombro olhando, por algum motivo, para uma fileira verde de ciprestes.)

No outro lado da sala de fumar havia uma porta estreita e baixa, e nós passamos por ela e descemos cinco degraus, rumo a uma ala onde ficava também o quarto de Aldo. Pela janela de seu quarto viam-se muitos telhados com telhas vermelhas, no bairro de Mea Shearim, e mais além, lá longe, viam-se montanhas e as torres dos cristãos. "Agora", disse Aldo, como quem pretendia fazer uma mágica, "agora olhe."

E com essas palavras curvou-se e de dentro de um grande baú todo enfeitado apanhou muitas peças de uma estrada de ferro desmontável e algumas miniaturas de estações de trem, além de um homem de metal, que manobrava o movimento dos trens, e em seguida apareceram as maravilhosas locomotivas azuis e depois delas um monte de vagões vermelhos, e nós nos espichamos no chão e começamos a armar tudo, o sistema de trilhos, e os sistemas de sinalização e a paisagem (também feita de metal e pintada com uma infinidade de cores), montanhas e pontes, túneis e lagos, e havia até mesmo umas vaquinhas pintadas nas encostas das montanhas, pastando calmamente junto à íngreme ferrovia.

Por fim, Aldo fez a ligação com a tomada elétrica, e em um instante aquele mundo encantado em cima do assoalho ganhou vida e começou a resfolegar com o apito de locomotivas, o matraquear das rodas dos vagões sobre os trilhos, cancelas que subiam e desciam, sinais luminosos que se acendiam e apagavam, trilhos que se juntavam e separavam, vagões de passageiros e vagões de carga se cruzando e apitando uma saudação, ou avançando juntos em trilhos paralelos. Magia em cima de magia, encantamento sobre encantamento.

"Isto", disse Aldo com leve desdém, "isto eu ganhei de presente do meu *sandak*,* o maestro Enrico, que é o vice-rei da Venezuela."

Eu fiquei calado em sinal de respeito.

Mas lá no íntimo pensei comigo mesmo:

Deus nosso Senhor, rei do mundo.

"Eu", disse Aldo com indiferença, "já enjoei um pouco disso. E também não quero perder com brinquedos um tempo que posso dedicar a tocar violino. Na verdade, você pode ficar com isto. Se quiser, é claro."

Aleluia, aleluia, cantou minha alma dentro de mim. Mas continuei calado.

"Não é um presente, mas sim uma troca", esclareceu Aldo, "por sua bicicleta. Você aceita?"

Hummm, pensei comigo mesmo, *ô ou!* Mas em voz alta disse apenas:

"Está bem. Por que não?"

"É claro", continuou Aldo de imediato, "que isso não vai ser tudo. Você vai receber pela sua bicicleta um conjunto completo — locomotiva, cinco vagões e três metros de trilhos formando um círculo. Afinal, sua bicicleta não é das melhores. Agora vou buscar um papel de contrato na gaveta de meu pai, e, se você não se arrepender e mudar de ideia, o que ainda é um direito seu, podemos assinar dentro de alguns momentos e apertar as mãos. Enquanto isso, escolha, por favor, o número de vagões que falei, os trilhos e uma locomotiva. Das pequenas, não das grandes. Já volto. Espere um pouco."

Mas eu já não ouvia mais nada além do grito de minha alma agitada dentro do meu peito:

Hei hei hei naalaim. (Era uma conhecida canção cheia de euforia, muito conhecida naquela época.)

Quando, alguns minutos depois de assinar o contrato, eu deixei a casa dos Castelnuovo como uma locomotiva se projetando de um túnel, na direção da rua Tsefania, tinha as duas mãos estendidas à frente carregando uma caixa de sapatos muito bem acondicionada, embrulhada em papel de presente fino e amarrado com cordéis coloridos.

A julgar pela luz e pelo frio, faltava cerca de meia hora para escurecer, antes da hora do jantar. Em uma paisagem natural e agreste, no quintal no fundo da casa, vou montar a ferrovia. Vou cavar um leito de rio sinuoso, vou inundá-lo de água, e o trem vai atravessá-lo sobre uma ponte. Vou erguer montanhas e vales profundos. Sob as raízes suspensas da figueira, terei um túnel ferroviário e por ele a nova estrada de ferro irromperá em suas rotas rumo a terras selvagens e na aridez do Saara e além dele, subirá o rio Zambeze até Ubangui-Chari, por estepes e florestas densas onde o homem ainda não pôs os pés.

4.
O patrimônio ou a vida

Em breve teremos de enfrentar um antigo inimigo,
um adversário difícil e insidioso que não recua diante
de nada. Teremos de abrir caminho por entre um emaranhado
de tramas obscuras, evitando derramamento de sangue
e tendo até de sobrepujar uma jovem fera.

A julgar pela luz e pelo frio, estava chegando a hora do anoitecer e do jantar. Na esquina da rua Iona parei por um momento para ler um novo grafite em um muro, escrito numa tinta preta e grossa. Na manhã de anteontem ainda não havia nada pinta-

do lá, e de repente aquele texto pesado contra os ingleses e contra David Ben-Gurion,* um verso irritante, onde também havia erros gramaticais de arrepiar:

Vergonha o Livro Branco!*
E que Ben-Gurion demita-se!

Eu logo identifiquei: tinha sido Goel. Aquilo não era um protesto do movimento subterrâneo. Era criação do próprio Goel Germansky.

Então peguei um caderninho e um lápis e copiei aquele texto: quando crescesse e fosse um poeta, com certeza iria precisar desse tipo de material.

Eu ainda estava lá copiando o texto quando o próprio Goel apareceu. Veio por trás de mim, se esgueirando, furtivo e grande e preciso como um lobo na floresta, e com suas mãos fortes ele segurou meus ombros e os imobilizou. Não tentei imediatamente resistir à força: em primeiro lugar, por uma questão de princípio, não começo briga com criança mais forte que eu. Em segundo lugar, eu tinha, de baixo do braço, lembrem-se, a caixa contendo o trem, mais precioso que qualquer preciosidade. Decidi, pois, ser precavido e ter muito cuidado.

Goel Germansky era o fortão da turma e do bairro. Musculoso, agressivo, seu pai era o vice-diretor de nossa escola e diziam que sua mãe "trabalhava em Haifa para a França". Desde o grande golpe que sofremos em Purim, desfechado pela turma do bairro dos bucarianos, nós éramos, Goel e eu, inimigos. Frequentemente conversávamos e até discutíamos os motivos daquele infortúnio, mas sempre em terceira pessoa. Se eu via Goel sorrir aquele sorriso que prenunciava encrenca, tratava de procurar outra calçada. O sorriso de encrenca de Goel expressava mais ou menos esta ideia:

"Todos, menos você, já sabem que algo muito desagradável o espera, mas logo, logo você também saberá, e então todos nós vamos rir bastante, e só você não terá vontade nenhuma de rir."

Então Goel Germansky agarrou meus ombros e perguntou, sorrindo:

"O que é isso, hein?"

"Deixe-me ir", pedi educadamente. "Já é tarde e preciso ir para casa."

"Ah, é assim?" Goel, interessado, largou meus ombros e ficou me olhando desconfiado, como se as palavras que eu tinha acabado de usar fossem incrivelmente ardilosas; no entanto, pensar que eu ia conseguir dissuadir Goel Germansky foi um erro amargo de minha parte. Goel ficou olhando para mim e disse baixinho:

"Ele quer ir embora, é o que ele quer."

Não disse isso como se fosse uma pergunta, e sim como se assinalasse uma atitude negativa de minha parte que se revelara justo naquele momento, para seu pesar e decepção.

"Já é tarde", expliquei com delicadeza.

"Ouçam! Ouçam!", exclamou Goel para uma plateia que não estava lá. "É tarde para ele! De repente ele quer ir para casa, ele quer! Miserável espião inglês, é o que ele é. Mas agora acabamos com as delações dele. A partir de agora, acabamos com ele, em geral."

"Em primeiro lugar", eu o corrigi com muito cuidado, o coração palpitando forte sob a blusa de malha, "em primeiro lugar, não sou um espião."

"Ah, não é?" Goel deu uma piscádela amigável e malvada. "Então por que ele está aqui copiando o que está escrito na parede, por quê?"

"O que é que tem?", perguntei com ar de espanto e de repente — em uma irrupção de coragem — acrescentei:

"A rua não pertence a ele. A rua é um lugar público."

"Isso", explicou Goel em tom didático e calmo, "isso é o que *ele* pensa. Agora ele vai abrir, vamos lá, abra logo, vamos ver o que é que tem dentro desse pacote."

"Não quero."

"Abra."

"Não."

"Pela terceira e última vez: abra por bem, seu piolho, vamos, Sumchi, vamos, espião inglês, abra logo ou eu vou ajudar a abrir, eu vou ajudá-lo!"

Assim, eu desatei os cordéis coloridos, tirei o papel de presente fino e expus aos olhos de Goel Germansky o meu trem.

"E tudo isso", perguntou ele em tom respeitoso após um breve silêncio, "tudo isso foi o sargento Dunlop quem lhe deu em troca de sua delação?"

"Não sou um delator, eu só ensino hebraico ao sargento Dunlop às vezes e aprendo um pouco de inglês, mas não sou delator."

"Então de onde ele recebeu este trem e a locomotiva e tudo isso? Quem sabe o 'Grande Benemérito'* começou hoje a distribuir brinquedos para os pobres coitados, quem sabe?"

"Não é da conta dele", respondi baixinho, mas com bravura. E por causa disso Goel Germansky me agarrou pela camisa, segurou-a bem na mão fechada, me empurrou e me sacudiu duas ou três vezes de encontro à cerca. Desta vez não num ímpeto de fúria, mas imensamente intencional, como se eu fosse um casaco de inverno do qual estivesse espanando a poeira, ou o cheiro de naftalina. E depois das sacudidelas, como se estivesse muito apreensivo com minha situação, perguntou:

"Talvez ele fale agora, quem sabe?"

"Está bem", eu disse. "está bem, está bem. Largue a minha blusa. Eu recebi isso numa troca."

"Mas não minta." Goel manifestou de repente algum temor, e seu rosto assumiu uma expressão de profunda preocupação moral.

"Pela vida de meus pais que é verdade", jurei, "foi uma troca. Com Aldo. Tenho até um contrato no meu bolso. Aqui está. Que ele veja por si mesmo. Foi uma troca, com a bicicleta que ganhei hoje do meu tio."

"Tio Iotsemach", disse Goel.

"Tio Tsemach", corrigi.

"Uma bicicleta de meninas", disse Goel.

"Mas com farol e dínamo", insisti.

"Aldo Castelnuovo", disse Goel.

"Foi uma troca", eu disse. "Aqui está o contrato."

"Está bem", disse Goel.

Depois disso, ficou imerso em pensamentos. Ficamos calados. Lá fora, nos quintais e no céu ainda era dia, mas já se podia sentir o cheiro da noite que se aproximava. Após aquele silêncio, Goel tornou a falar:

"Está bem. Agora você ainda tem uma troca a fazer. Psst! Shmariahu! Vem cá. Sente-se! No chão! Sim. Assim. Você é bom. Sim. É isso aí. É isso aí, Shmariahu. Fique vigiando, antes de ele decidir, fique vigiando. Hoje em dia não existem cães assim. Nem por cinquenta liras da Palestina se compra hoje um cão de raça assim. O pai dele está com o rei Faruk do Egito e a mãe com Esther Williams, do cinema."

O assobio agudo de Goel e o nome Shmariahu fizeram vir correndo até nós, do interior do quintal, um cão pastor jovem e muito entusiasmado, bufando e espumando, quase ainda um filhote, tremendo, pulando, dançando uma dança alegre, explodindo de tanta excitação, balançando e balançando sem parar não só a cauda como toda a parte traseira do seu corpo, esfregando-se em Goel como se quisesse cavar e se abrigar em seu peito, subindo em cima dele com as patas a tremer de tanta felicidade, agradando, adulando, implorando, os olhos dardejando fagulhas de um amor desmedido, lupino, já se pondo de pé nas patas traseiras, cavoucando e cavando bem na barriga de Goel com o maior entusiasmo e com todas as forças. Até que Goel o interrompeu de repente, energicamente:

"Basta! Senta!"

Em um instante Shmariahu parou com suas manifestações e seus latidos, mudou totalmente de comportamento e sentou-se, a cauda encolhida, com uma expressão pensativa e cara de santo. As costas, a cabeça e o focinho ele esticou para a frente, como se na ponta de seu nariz preto equilibrasse uma moeda de um xelim. Suas orelhas peludas estavam espetadas para a frente, todo ele envolto num ar de seriedade e modéstia, e naquele momento o cão parecia um menino, um novo imigrante recém-chegado da diáspora, um menino bem-comportado, limpo e educado que se esforçava até o limite de suas forças para ser simpático, até ser absolutamente impossível conter o riso.

"Morra!", ordenou Goel em um rugido rouco.

Em um átimo, Shmariahu deixou-se cair, estirado, as patas dianteiras esticadas à frente, a cabeça pousada sobre elas em total submissão, numa suave tristeza típica de poetas, a cauda completamente imóvel, as orelhas pendendo inertes em desânimo, quase deixando de respirar. Mesmo quando Goel quebrou um ramo, um pequeno galho da amoreira atrás da cerca, Shmariahu não se mexeu, não piscou os olhos, apenas uma onda silenciosa de pequenos tremores ia de sua nuca às suas costas fazendo estremecer seu pelame cinza-acastanhado.

Mas, quando Goel de repente arremessou o ramo à distância e gritou "Pe-gue!" com uma voz terrível, o cão deu um salto — não, não deu um salto, ele foi é lançado de seu lugar como uma fagulha é lançada de uma fogueira, atravessou o espaço desenhando nele quatro ou cinco arcos tensos, parecia terem crescido nele asas invisíveis, ou talvez fosse uma espécie de fúria ardente, as mandíbulas de lobo se abriram e, num relance, pude ver uma garganta vermelha e preta e dentes afiados. E Shmariahu já estava de volta de sua missão, depositou o ramo aos pés de seu dono e lá se prostrou para ele em muda submissão de escra-

vo, como a reconhecer que não tinha direito a nada e
nada exigia, só tinha cumprido sua obrigação, como
algo evidente por si mesmo, e, cá entre nós, o que são
duas ou três carícias?

"É isso aí", disse Goel.

E o cão ergueu a cabeça e olhou para Goel de baixo para cima com ânsias de amor secretas, como se
quisesse perguntar:

"Eu sou bom?"

"Sim", disse Goel, "você é um bom cão. E agora
você vai mudar de casa, e, se ele não cuidar bem de
Shmariahu", e Goel virou-se para mim sem aviso pré-
vio, "se ele não cuidar bem de Shmariahu eu vou matá-lo na mesma hora, vou matá-lo, Sumchi." Essas
última palavras Goel pronunciou num sussurro amea-
çador, o rosto muito próximo do meu.

"Eu?", perguntei, como se não acreditasse no que
estava ouvindo.

"Ele", disse Goel. "Ele está recebendo agora
Shmariahu. E sei que ele não está fazendo nenhuma
delação aos ingleses."

Aquele cão era um filhote, embora não indefeso nem pequeno demais. Ele ia me obedecer, e como!, pensei. Comigo ele vai se tornar um lobo, uma verdadeira e terrível fera.

"O livro *O cão dos Baskerville*, ele já leu alguma vez na vida?", perguntou Goel.

"Claro", eu disse. "Li pelo menos três vezes."

"Certo. É bom ele saber que este cão também está treinado para rasgar com seus dentes gargantas de guardas ingleses e de delatores, se ouvir a palavra de comando, que é o nome do rei da Inglaterra, e que não quero mencionar aqui agora, para que Shmariahu não se lance em cima de ninguém."

"Claro", disse eu.

"Fora isso, Shmariahu entrega mensagens nos lugares para onde é mandado. Também é capaz de ir atrás de suspeitos seguindo o cheiro de uma meia ou de qualquer outra peça de roupa", acrescentou Goel. Depois de um breve silêncio, como se após muito hesitar tomasse uma decisão que lhe causasse sofrimento, balbuciou:

"Bem. Está bem. Ele vai ganhar Shmariahu de presente. Isto é, numa troca. Não de graça, em troca do trem."

"Mas …"

"Mas, se ele não concordar, vou mostrar para toda a turma os poemas de amor que ele escreveu para Esti Inbar no caderninho preto que Aldo surrupiou do bolso do blusão dele no bosque de Tel-Arza."

"Miseráveis", deixei escapar entre os dentes cerrados. "Miseráveis e canalhas." (Esse segundo termo eu aprendi com o tio Tsemach.)

Goel achou melhor ignorar essa definição contundente e manter um espírito elevado:

"Só um instante. Que ele me deixe terminar, antes de começar a xingar. Que história é essa? Deixe os outros falar! E se acalme: se ele concordar com a troca, além de Shmariahu, vai receber de volta o caderninho preto dele, e ainda entra como soldado raso no grupo dos 'Vingadores'. Além disso, eu faço as pazes com ele. É isso aí. Agora que ele pense um pouco e resolva o que acha melhor para ele."

No mesmo instante passou sobre mim de repente uma espécie de doce neblina, uma sensação de fofura nas costas, um impacto morno dentro da garganta e como que um alegre tremor nos joelhos.

"Um momento, um momento", tentei protestar ao ver que Goel começara a reatar os cordéis azuis na caixa do trem e rapidamente os transformou em uma correia para o pescoço de Shmariahu.

"Pegue, Sumchi", ele se dirigiu a mim diretamente, como se fôssemos amigos, como se nada tivesse acontecido em Purim na disputa com o bairro dos bucarianos, como se eu já estivesse no papo, "pegue, segure com força. Talvez ele tente se rebelar no início, mas depois de um dia ou dois ele vai se acostumar. Enquanto isso, é melhor mantê-lo preso pela correia. Dentro de um ou dois dias ele fará tudo o que você lhe disser. Apenas me faça um favor pessoal e trate dele como é preciso, trate bem dele. Amanhã, às três horas da tarde, venha para o lugar secreto — o telhado na casa de Tarzã Bamberger — e, na escada, diga a Bar Kochba 'rosa dos vales' e aguarde que ele lhe responda 'lírio do Sharon'; aí diga 'rio do Egito' e vão deixá-lo passar. Essas são as senhas dos Vingadores. E lá você fará um juramento e receberá de mim seu caderninho preto com aqueles poemas que eu já nem lembro sobre o que eram. É isso aí. Então venha amanhã às três horas, venha sim. Shmariahu! Vai! Agora você vai com Sumchi! É isso aí. Puxe ele, Sumchi. Puxe com força! Isso mesmo. Até logo."

"Até logo, Goel", respondi educadamente, como se eu fosse como todo mundo, enquanto minha alma em meu peito comemorava, comemorava como um passarinho doido: *tenho um lobo, tenho um lobo, tenho um lobo jovem e comigo ele vai dilacerar gargantas.*

Tive de fazer força para arrastar comigo o filhote de lobo obstinado que tentava enfiar suas patas nas fendas da calçada e gemia sem parar, gemidos curtos e angustiados que não eram dignos dele. Mas eu não queria ouvir: eu o puxava e andava, andava e puxava, e toda a minha alma se alçava, tempestuosa, em direção às densas florestas e às selvas espessas e lá, solitário e heroico, eu estava desesperadamente cercado por um círculo pululante de canibais pintados em cores de guerra brandindo dardos e lanças. De mãos vazias, comecei a bater neles à direita e à esquerda, e outros, tantos que não dava para contar, continuaram a surgir, com gritos de guerra, de lugares ocultos da floresta para substituir os irmãos que eu tinha derrubado, e minhas forças estavam se esgotando e aquela massa de inimigos fechou-se sobre mim, com os dentes brilhantes e brados de vitória, e então assobiei, um só assobio, baixinho, e dos arbustos saltou sobre eles o meu lobo particular, cruel e terrível, dilacerando gargantas com seus dentes até os selvagens se dispersarem por todos os lados com gritos de pavor, e ele se estirou aos meus pés, bufando, me bajulando, olhou para mim de baixo para cima com ânsias de amor secretas, como se quisesse perguntar:

"Eu sou bom?"

"Sim, sim, você é um bom cão", eu disse. E intimamente pensei: *Eis aí a felicidade. Assim é a vida. Isso é amor e este sou eu.*

Depois disso escureceu e continuamos nosso caminho na escuridão da selva em direção às nascentes do rio Zambeze e a caminho de Ubangui-Chari, lugar onde o homem ainda não pôs o pé, e pelo qual minha alma ansiava.

5.
Com todos os diabos

O rei Saul perdeu mulas e achou um reino.

Nós também perdemos e achamos. Sobre como anoitece

em Jerusalém e como se toma uma decisão fatídica.

Mas a rua já estava escura e começava a ficar tarde. Até a esquina da Malachi com a Tse-fania, a esquina da caixa do correio, consegui arrastar atrás de mim, à força, o jovem lobo que tinha recebido de Goel Germansky em troca do meu trem. A caixa do correio ficava embutida num muro de concreto, pintada de vermelho-escuro; sobre ela fora gravado o formato de uma coroa sob a qual apareciam as iniciais (em inglês) do rei George. Ali o cão enjoou de tudo aquilo, puxou e arrebentou o cordel azul que Goel tinha amarrado como correia em seu pescoço. Talvez alguém tenha assobiado de longe, e eu não ouvi. Livre, Shmariahu atravessou a rua correndo agachado, a cauda pendurada como se fosse um trapo entre suas patas, o focinho baixo e medroso, quase se arrastando, e ia se afastando de mim como se reconhecesse que procedera com baixeza, como se alegasse em sua defesa:

"É isso aí, meu amigo. A vida é assim."

E já sumira de minha vista, no escuro, em um dos quintais.

Aquele cão malvado com certeza está voltando para seu verdadeiro dono, e a mim, o que me restou? Apenas um pedaço pequeno do cordel azul que Aldo Castelnuovo tinha amarrado em torno da caixa do trem e que Goel Germansky amarrou no pescoço do cão. Agora eu estava sozinho e de mãos vazias. E assim era a vida.

Entrei, pois, no pátio da sinagoga Sheerit Hapleitá

(pois de lá eu tinha um atalho particular até o açougue da família Bamberger e, de lá, até em casa). Não me apressei, pois não havia mais nenhum motivo para ter pressa. Ao contrário. Sentei num caixote, prestando atenção nos ruídos em volta, e mergulhei em pensamentos. Em torno de mim estendia-se, prazerosa, uma noite precoce e morna. Ouvia sons de rádio através das janelas abertas, ouvia risos e reprimendas, a ninguém importava o que ia me acontecer agora e em toda a minha vida, e a mim não importava o que ia acontecer a todos os outros, e mesmo assim eu lamentava naquele momento que tudo mudasse no mundo e ele ainda continuasse a ser como era, e até lamentava que aquela noite ia passar e não voltar mais, embora, na verdade, não tivesse nenhum motivo para gostar exatamente daquela noite. Talvez o contrário. Porém eu lamentava por tudo o que tinha sido uma vez e não voltaria a ser de novo, e pensava se existia no mundo algum lugar distante, quem sabe na terra de Ubangui-Chari ou entre as montanhas do Himalaia, onde se podia ordenar ao tempo passante que

não passasse e à luz mutante que não mudasse, como fez Josué bin-Nun, no Livro de Josué. Enquanto isso, de uma das varandas uma mulher chamou a vizinha de "burra burralda", e esta, por sua vez, respondeu: "Vejam só quem fala. É madame Rotloi quem fala". Depois disso, vieram mais algumas frases vagas e incompreensíveis, talvez em polonês. Então de repente se ouviram gritos terríveis vindos da rua Zecharia, e eu esperei, por um instante, que aquela horda de índios já estivesse se espalhando por todo o bairro e escalpelando impiedosamente todos os seus moradores, mas o grito fora dado por um gato, e era um grito de muito amor.

Entre todos os sons da noite sentiam-se cheiros também, cheiros de repolho azedo, de piche, de óleo de fritura, do lixo que fermentava nas latas, além da roupa suja quente e da roupa molhada nos varais, ao vento noturno; pois tinha anoitecido em Jerusalém.

Eu, de minha parte, fiquei sentado no caixote vazio no pátio da sinagoga Sheerit Hapleitá pensando — por que negar? — em Esti.

Com certeza Esti estava sentada, nestes momentos do anoitecer, no quarto dela, que eu não vi por dentro nem uma vez, nem jamais verei; com certeza tinha cerrado as cortinas azuis que eu conheço muito bem porque mil vezes olhei para elas do lado de fora, certamente fazendo os deveres de casa que eu esqueci de fazer e nos quais nem cheguei a tocar, respondendo em sua caligrafia redonda às perguntas simples do senhor Shitrit, o professor de geografia. Ou quem sabe ela tivesse soltado suas tranças e as estivesse arrumando, ou então recortando pacientemente enfeites para a festa de encerramento no ano. A saia bem esticada sobre os joelhos. As unhas redondas e limpas, não escuras e rachadas como as minhas. Ela respira com tranquilidade, e seus lábios, do jeito que sempre estão na classe, não ficam totalmente fechados; às vezes ela tenta alcançar com a ponta da língua alguma migalha inexistente em seu lábio superior. No que está pensando, isso não tenho como saber. Não está pensando em mim, e, se por acaso se lembra da minha existência, sem dúvida está me chamando em seus pensamentos de "Sumchi, aquele nojento", ou "Sumchi, menino maluco". Melhor seria se ela nunca se lembrasse de mim.

Mas já basta. Eu também preciso parar de pensar em Esti e começar a fazer algumas ponderações, pois tenho de tomar uma decisão urgente.

Concentrei, pois, meus pensamentos, como meu pai me ensinou a fazer na hora de decidir: organizar tudo em um papel, anotar ao lado todas as alternativas com suas vantagens e desvantagens, apagar uma após outra as alternativas ruins e classificar as viáveis segundo um método de pontuação.

Um lápis não ia ser de grande ajuda, porque a luz diurna já tinha ido embora havia tempos. Por isso arrumei as considerações de cor, na seguinte ordem:

1. Posso me levantar e ir direto para casa. Chegar atrasado e de mãos vazias e contar que roubaram a bicicleta, ou que ela foi confiscada por soldados ingleses bêbados. E que não me opus porque minha mãe

me avisara mais de uma vez que com eles era melhor não se meter.

2. Posso voltar para a casa de Aldo, a preceptora armênia Luísa vai abrir a porta de madeira escura para mim e me dizer que espere um minuto, então vai entrar sozinha para informar que o jovem senhor voltou e pede para conversar com o nosso jovem senhor, e depois vai me convidar respeitosamente a entrar no quarto onde ficam aquela senhora esplêndida em seu vestido de musselina e o santo mendigo que recebe dela uma moeda de ouro. Vou ter de contar para a mãe de Aldo que vendi para ele uma bicicleta e até assinei um contrato, e a mãe de Aldo com certeza vai lhe dar um castigo severo, porque eles não permitem de maneira alguma que ele tenha uma bicicleta, e de minha parte vai ser um ato de delação baixo e nojento, mas não vão me devolver a bicicleta porque o trem não estará lá. Não vai dar certo.

3. Posso voltar a Goel Germansky e lhe dizer com uma voz fria e agourenta: "Que ele me devolva o

trem imediatamente. Está tudo cancelado. Que o devolva ou eu acabo com ele de uma vez por todas, acabo com ele".

Mas como isso seria possível?

4. Posso voltar a Goel Germansky de maneira amigável, como vai, o que há de novo, e perguntar meio de brincadeira se por acaso Shmariahu não tinha voltado para ele.

Sim. Claro. E como iam rir disso no bairro amanhã. Que vexame.

5. Ah. Quem é que precisa desse cão desprezível? Quem é que precisa de alguma coisa, em geral? Eu não preciso de nada, e pronto.

Aliás, quem disse que Shmariahu voltou para Goel Germansky? Ele fugiu no escuro para o bosque de Tel-Arza e além dele, para as montanhas áridas, e além delas, para as florestas da Galileia a fim de se juntar a bandos de lobos e, livre, livre, viver uma vida de lobo e dilacerar gargantas com seus dentes. Quem sabe eu também me levanto agora mesmo e vou sozinho para o bosque de Tel-Arza e de lá para as montanhas e para as grutas e, com todos os diabos, fico lá para sempre a viver uma vida de assaltante e de uma vez por todas ser temido no país inteiro.

Para que eles aprendam.

E também posso ir, afinal de contas, para casa, contar, de cabeça baixa, toda a verdade, levar os dois tabefes obrigatórios e prometer que, de hoje em diante, não vou ser mais um menino maluco, e sim um menino bom e sensato. E amanhã vão enviar comigo uma carta educada pedindo desculpas da parte do meu pai ao pai de Goel Germansky e à sra. Castelnuovo, e eu vou me justificar e garantir a todos que tudo não passou de uma brincadeira, sorrir um sorriso obtuso e pedir perdão a todos e dizer a todos: "Sinto muito por tudo o que aconteceu".

Não dá para fazer isso.

Oito? Nove? Dez? Não importa. A próxima alternativa é eu ir dormir em alguma ruína. Como Huckleberry Finn na história de Tom Sawyer. Vou dormir esta noite no vão da escada no prédio da família Inbar e, no meio da noite, vou subir pela calha e entrar no quarto de Esti e vamos fugir juntos antes do nascer do sol para a terra de Ubangui-Chari.

Mas Esti me odeia, e talvez, pior que me odiar, não tem nenhuma opinião sobre mim.

Última alternativa: como no feriado de Pessach, quando fui com o sargento Dunlop no jipe dele para a aldeia árabe Tsur-Bachar e não avisei meu pai e minha mãe, desta vez também posso ir à casa da tia Edna, no bairro de Ieguia-Kapaim. Com uma cara bem triste e sonsa vou contar a ela que papai e mamãe foram visitar amigos no bairro de Beit Hakerem e só vão voltar tarde da noite, e que deixaram comigo uma chave de casa, só que eu, como dizer, meio que perdi a chave. Mas era a tia Edna, com todas as frutas de mentira na cestinha dela, com flores de papel e com enfeites, badulaques e todas aquelas coisas.

Que seja. Pelo menos vamos ganhar uma noite e, enquanto isso, meu pai e minha mãe vão ficar doidos de preocupação, e amanhã ficarão tão contentes ao ver que ainda estou vivo que não se lembrarão de perguntar o que aconteceu com a bicicleta. É isso. Avante.

No entanto, quando finalmente me levantei totalmente decidido a ir em busca de abrigo na casa da tia Edna, no bairro de Ieguia-Kapaim, algo brilhou entre as agulhas secas de pinheiro no chão escuro, e eu me curvei e me levantei, e eis ali um apontador!

Bem, o apontador não era grande. Nem totalmente novo. Mas era de metal, prateado, bem pesado para o tamanho dele, frio e muito agradável na mão que o segurava, um apontador capaz de fazer ponta em lápis e também de servir como tanque nas guerras de botão em cima do tapete.

Apertei, pois, os dedos em torno do meu apontador e fui correndo para casa. E não de mãos vazias.

6.
Tudo está perdido

"Você nunca vai pisar no meu pé." Pretendo atravessar
a pé a cadeia de montanhas de Moab e olhar à distância
para a cordilheira do Himalaia. Um convite surpreendente.
Não vou abrir meus dedos cerrados enquanto viver.

Meu pai perguntou baixinho:

"Sabe que horas são?"

"É tarde", respondi com tristeza e apertei o apontador em minha mão.

"São sete e trinta e seis", declarou meu pai, bloqueando com o corpo a porta de entrada e movendo a cabeça várias vezes de cima para baixo, como se tivesse chegado a uma conclusão lamentável, porém inevitável. E acrescentou:

"Nós já jantamos."

"Sinto muito", falei baixinho, quase como um pio.

"Já jantamos e também já lavamos a louça", revelou meu pai, com muita calma. Eu já sabia muito bem o que essa calma prenunciava, e meu coração batia descompassado.

"Onde o distinto senhor esteve durante todo esse tempo? E onde está a bicicleta?"

"A bicicleta", eu disse com voz de espanto, o sangue fugindo do meu rosto.

"A bicicleta", tornou a dizer meu pai, com paciência e precisão, com o cuidado de pronunciar bem e separar todas as sílabas.

"A bicicleta", eu balbuciei, fazendo o mesmo. "Sim. Está na casa de um amigo. Deixei na casa de um amigo."

E, antes que eu conseguisse detê-los, meus lábios acrescentaram:

"Até amanhã."

"Então", respondeu meu pai com simpatia, como que compartilhando sinceramente meu sofrimento e se oferecendo para me dar um conselho bom e simples, "será que é possível saber quem é esse distinto amigo, qual é seu nome no povo de Israel?"

"Isso", eu disse, "não posso revelar."

"Não?"

"Não."

"De maneira nenhuma?"

"De maneira nenhuma."

Agora, eu sabia, agora viria a primeira bofetada-surpresa. Assim, encolhi-me todo tentando esconder a cabeça entre os ombros e o corpo inteiro dentro dos sapatos, e fechei os dois olhos e apertei com toda a força o meu apontador. Esperei durante três ou quatro respirações lentas e prolongadas. Mas a bofetada não veio. Abri os olhos e fiquei piscando. Meu pai esperava calmamente que eu terminasse com todos aqueles trejeitos. Por fim, disse:

"E mais uma pergunta, se o senhor me permitir."

"O quê?", sussurraram meus lábios, sem minha participação.

"Talvez sua alteza permita ver o que esconde em seu punho direito?"

"Impossível", balbuciei, e de repente meus pés ficaram gelados.

"Isso também é impossível?"

"Não posso, pai."

"Sua alteza não está sendo muito gentil conosco hoje", concluiu meu pai tristemente, e mesmo assim não abriu mão de sua dignidade e insistiu:

"De todo modo, quem sabe você me mostra. Para o meu bem e o seu. Para o bem de nós dois."

"Não posso."

"Mostre, menino maluco!", berrou meu pai, e eu, na mesma hora, comecei a ficar com dor de barriga.

"Estou com muita dor de barriga", disse.

"Primeiro me mostre o que tem escondido na mão."

"Depois", implorei.

"Está bem", disse meu pai em outro tom de voz.

E de repente tornou a dizer:

"Está muito bem", e desbloqueou a entrada.

Então ergui os olhos para ele, esperando, após ter perdido toda esperança, sua misericórdia, e no mesmo instante foi dada a primeira bofetada-surpresa.

E a segunda.

E depois a terceira, que de tanto medo dela eu já tinha me curvado, dando um salto e saindo correndo para fora, para a rua, para a escuridão, uma corrida agachada e medrosa, com toda a minha força, exatamente como o cão de Goel quando fugiu de mim, corri quase chorando, e em meu coração tomei uma decisão terrível: meus pés nunca mais pisariam naquela casa. Nem no bairro. Nem em Jerusalém. Naquele exato momento eu estava tomando um caminho do qual não voltaria mais. Nunca mais.

Foi assim que comecei meu caminho. Não diretamente para a África, como tinha planejado, mas ao contrário, na direção leste, da rua Gueula, para Mea Shearim, para o rio Kidron, e de lá — pelo monte das

Oliveiras e o deserto da Judeia — para atravessar o Jordão e além, para as montanhas de Moab, e além.

Desde a terceira ou quarta série, a cordilheira do Himalaia dominava meus pensamentos: eram as montanhas mais altas do continente asiático ("e lá", encontrei escrito na enciclopédia, "lá se eleva a montanha mais alta do mundo, em cujas alturas o homem não pôs o pé"). E entre essas imponentes montanhas circulava o gigantesco, misterioso e abominável Homem das Neves em busca de uma presa em ravinas esquecidas por Deus. As simples palavras enchiam meu coração de medo e de encantamento:

Cordilheiras.

Eleva-se.

Circula.

Imponentes.

Em busca de uma presa.

Neves eternas.

Alturas nas montanhas.

E, mais do que todas, a maravilhosa palavra "Himalaia", que eu repetia nas noites de inverno debaixo do cobertor na voz mais grave e grossa que eu conseguia extrair do fundo do peito: *Hi-ma-la-ia*.

Se eu conseguir escalar os cumes das montanhas de Moab, no leste, esperava, poderei avistar e enxergar de lá, na distância azulada, a própria cordilheira do Himalaia, assim como se enxergam as montanhas de Moab do nosso monte Scopus. Vou avistar de longe as imponentes montanhas do Himalaia e depois vou seguir, de Moab, para o sul, pelos desertos da Arábia, cruzar Bab el Mandeb, o estreito das lágrimas, chegar ao Chifre da África e penetrar na densa floresta e por ela chegarei às nascentes do rio Zambeze, na terra de Ubangui-Chari.

E lá, finalmente, lá viverei sozinho uma vida selvagem e livre.

E assim, todo excitado, e desesperado, e muito entusiasmado, fui avançando na direção leste até o fim da rua Gueula, esquina da rua Tashensold. Mas, quando cheguei à mercearia do senhor Bialig, ocorreu-me de repente um pensamento insistente e impiedoso, a saber:

Menino maluco menino maluco meninomaluco meninomaluco.

Você é tão doido quanto o tio Tsemach e talvez ainda mais do que ele e quem sabe quando crescer não vai ser também um especulador como ele.

Qual o significado exato da palavra *especulador*?— Isso eu não sabia. Mas a tristeza e a humilhação se acumularam em mim a ponto de eu quase não conseguir suportar.

A rua Gueula estava quase completamente às escuras, não uma escuridão de começo de noite, com gritos de crianças e reprimendas de mães, e sim aquela de uma hora mais tardia, uma escuridão fria e silenciosa, que é melhor olhar de lá de dentro, da cama, pelas frestas da persiana, sem estar preso nela e sozinho. Passavam poucas pessoas na rua, apressadas, e a intervalos espaçados, a sra. Suskin me conhecia e perguntou o que tinha acontecido comigo, e eu não lhe disse nem uma palavra, e de vez em quando passava numa velocidade doida algum veículo militar dos ingleses, da Base Schneller. Vou encontrar o sar-

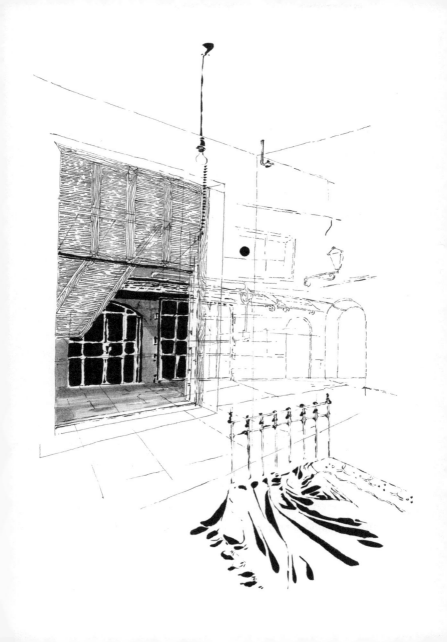

gento Dunlop passeando com seu poodle na rua das Colunas ou na rua Tachkemoni, e desta vez vou dar a ele informações sobre Goel Germansky, que pintou um lema contra o alto-comissário inglês.

Vou viajar para Londres e ser agente duplo, vou sequestrar o rei da Inglaterra e dizer ao governo inglês em palavras simples: "Deem-nos Erets Israel, * e terão o seu rei de volta. Se não derem — não terão" (e essa ideia aprendi também com o tio Tsemach). Aqui, nos degraus da mercearia do sr. Bialig, pensei nos detalhes desse plano. Já era tarde, a hora em que todos os nossos heróis da luta subterrânea saem de seus esconderijos, acossados em todos os lados por detetives, delatores e cães farejadores.

Eu era um caso à parte.

Minha bicicleta, Aldo a levou de mim e até me fez assinar os termos de um contrato. Meu trem caiu nas mãos de Goel Germansky. O lobo treinado vagueia pelas florestas sem mim. Na soleira da casa de meus pais, meus pés jamais tornarão a pisar. Esti me odeia. O desprezível Aldo roubou de mim o caderninho preto com os poemas e vendeu para o malvado Goel.

O que me restou?

Restou o apontador.

Para que ia me servir o apontador? Para nada. Mesmo assim, eu o guardaria para sempre. Era um juramento. Nenhuma força no mundo ia conseguir tirar o meu apontador de mim.

E assim lá estava eu, às nove, talvez nove e quinze da noite, nos degraus da mercearia fechada do sr. Bialig, quase chorando. E foi assim que me achou o homem calado, alto, que andava pela rua deserta fumando tranquilamente um cachimbo com uma tampa de prata; era o pai de Esti, o engenheiro Inbar.

"Ah", ele disse, depois de se curvar para ver meu rosto, "ah, então é você; humm. Posso ajudar em alguma coisa?"

Para mim, foi lindo e maravilhoso que o engenheiro Inbar se dirigisse a mim não com as palavras e o tom com que se fala com crianças, e sim como os adultos falam entre si. "Posso ajudar em alguma coisa?" — como se eu fosse, digamos, um motorista tentando trocar um pneu no escuro.

"Obrigado", eu disse.

"Qual é o problema?", perguntou o engenheiro Inbar.

"Nenhum", eu disse. "Está tudo bem."

"Mas você está quase chorando."

"Nada disso. Não estou quase chorando. Só estou, assim, resfriado. Só isso."

"Está bem. Será que estamos indo, por acaso, na mesma direção? Você também está indo para casa?"

"Não tenho casa."

"Como assim?"

"É que... isto é, meus pais viajaram. Para Tel Aviv. Vão voltar amanhã e deixaram comida para mim na geladeira, isto é... Eu tinha uma chave presa num cordão branco..."

"Ah, entendi: você perdeu a chave e agora não tem para onde ir. Exatamente isso — mas exatamente mesmo — aconteceu comigo quando eu era um estudante em Berlim. Agora venha, vamos embora. Não há razão para continuar sentado aí quase chorando até amanhã de manhã."

"Mas... ir para onde?"

"Para a nossa casa, é claro. Você vai dormir esta noite conosco. Tem um sofá na sala e também uma cama dobrável em algum lugar. E Esti com certeza vai ficar contente. Venha, vamos embora."

E como este coração bobo disparou durante todo o caminho, por baixo da camiseta, por baixo da pele e dos ossos! Esti vai ficar contente. Esti vai ficar contente. A romãzeira* exalou seu aroma, desde o mar Morto até Jericó. Esti vai ficar contente. É bom eu não perder esse meu bom apontador, esse apontador da sorte em minha mão, dentro do bolso.

7.
Uma noite de amor

Só quem perdeu tudo é um candidato à felicidade.
*Se alguém der todos os bens de sua casa por amor.**
E como não nos envergonhamos.

Lá estávamos nós, sentados, o engenheiro Inbar
e eu, os dois jantando e conversando sobre a
situação política no país. A mãe de Esti já tinha jan-
tado antes de chegarmos, e seu irmão mais velho
partira para construir um novo kibutz no vale de
Beit Shean. Em um prato de madeira, a mãe de Esti
nos serviu algumas fatias de um pão estranho, mui-

to preto e forte, com um queijo árabe muito, muito salgado com pequenos cubos de alho por cima. Eu estava com fome. Depois comemos rabanetes inteiros, vermelhos por fora e brancos e suculentos por dentro, bem como grandes folhas de alface, e bebemos leite de cabra quente. (Lá em casa, eu ganhava toda noite uma omelete, tomate e pepino, arenque, coalhada e chocolate quente; meu pai e minha mãe comiam a mesma coisa, só que encerravam com chá, e não com chocolate.)

A sra. Inbar recolheu os pratos e as xícaras e voltou à cozinha para preparar o almoço do dia seguinte.

Ela disse:

"Agora vou deixá-los a sós para uma conversa entre homens."

O engenheiro Inbar tirou os sapatos e esticou as pernas, apoiando os pés num banquinho. Acendeu cuidadosamente um cachimbo e disse:

"Sim. Muito bom."

E eu apertei o apontador em meu bolso e disse:

"Muito obrigado."

Depois trocamos ideias sobre a situação política, ele em sua poltrona, eu no sofá. As persianas estavam cerradas e a luz vinha de uma luminária em forma de lampião de rua, no alto de uma coluna de cobre, junto à escrivaninha, entre uma parede toda coberta de livros e mapas e outra com cachimbos e suvenires. Havia ainda no quarto um gigantesco globo terrestre com inscrições em língua estrangeira, em cima de um suporte, o qual aparentemente se podia girar numa direção ou outra com um leve movimento do dedo. Eu quase não conseguia desviar os olhos daquele globo gigantesco.

Durante todo esse tempo Esti estava no banheiro. Não saiu de lá. Pela porta fechada e trancada no final do corredor só se ouviam às vezes o som de água escorrendo e a voz de Esti cantando uma conhecida canção de Shoshana Damari.

"A Bíblia", disse o engenheiro Inbar dentro da nuvem de fumaça de seu cachimbo, "quanto a isso não há dúvida, claro que a Bíblia nos prometeu o país inteiro. Mas a Bíblia foi escrita numa época, e nós vivemos em outra totalmente diferente."

"E daí?", exclamei com uma fúria bem-comporta-
da, "não faz diferença alguma! Talvez naquela época
os árabes se chamassem jebuseus, ou cananeus, e os
britânicos se chamassem filisteus, e daí? Nossos inimigos trocam de máscara, mas estão sempre nos ata-
zanando. Todas as nossas festas demonstram isso.
Sempre os mesmos inimigos, a mesma guerra conti-
nua, quase sem intervalo."

O engenheiro Inbar não se apressou a responder.
Segurava o cachimbo pelo bojo e se valia dele para co-
çar a nuca. Depois, como se tivesse dificuldade para
encontrar uma resposta às minhas palavras, começou
a juntar sobre a toalha de mesa cada migalha de fumo
ali perdida e pôs todas elas com cuidado no cinzeiro.
Quando acabou de juntar tudo, ergueu a voz e chamou:

"Ester. Atraque no porto de uma vez e venha ver
quem está aqui esperando por você. Sim! Uma visita!
Surpresa! Não, não vou dizer quem é. Venha finalmente para a terra firme e veja com os próprios olhos!
Sim. Os árabes e os ingleses. Sem dúvida. Cananeus e
filisteus desde o ventre de suas mães. Uma ideia in-

teressante. Porém, tente convencê-los a fazer o favor de encarar a situação dessa maneira. Os dias da Bíblia já se foram, e estes nossos dias são outra história. Quem hoje seria capaz de transformar um cajado em crocodilos e serpentes, ou bater com ele em rochas até aparecer água? Este doce eu trouxe na semana passada direto de Beirute. De trem. Coma, coma, bom apetite. Não tenha medo. Chama-se *rachat-lokum*. Coma. Olha só, é doce e gostoso. E você, se me permite supor, já é membro de algum partido?"

"Eu... sim...", gaguejei. "Mas... não o do meu pai... pelo contrário..."

"Você apoia totalmente o movimento subterrâneo e é contra qualquer acordo ou concessão", afirmou o engenheiro Inbar sem ponto de interrogação. "Aliás, a sua pasta com todos os seus livros e cadernos com certeza também ficou dentro da casa trancada de vocês. É uma encrenca. Amanhã de manhã você vai daqui para a escola junto com Ester, e sem pasta. Ester! Você se afogou aí? Devo lhe atirar um salva-vidas?"

"Posso, por favor, pegar mais um pedaço?", perguntei educada e corajosamente e, sem esperar pela resposta, aproximei de mim o pratinho com o *rachat-lokum*, que realmente era muito bom, apesar de ter vindo direto de Beirute.

Eu me sentia bem naquela sala, entre a parede de livros e mapas e a parede com cachimbos e suvenires, atrás das persianas cerradas. Mergulhado numa conversa entre homens, sincera e objetiva, com o engenheiro Inbar. Como era maravilhoso, a meus olhos, que o engenheiro Inbar não estivesse me repreendendo nem zombando de mim, e sim observando simplesmente que havia discordâncias entre nós. Como eu gostei lá no íntimo, naquele momento, do termo "discordâncias". E o pai de Esti era quase como Esti, só que diferente, e talvez mais do que isso. Era quase possível me abrir ainda mais e revelar, sem medo, que eu tinha mentido para ele e explicar com honestidade quais tinham sido os motivos e contar-lhe todos os vexames e humilhações por que eu havia passado naquele dia sem esconder aonde eu queria ir e qual era o roteiro de minha jornada. Mas Esti por fim saiu do banheiro e quase lamentei que nossa conversa entre homens tivesse de ser interrompida. As tranças de Esti não estavam lá e em seu lugar lhe caía pelos ombros seu abundante cabelo louro e lavado, quente e molhado, quase fumegante. Ela vestia um pijama com elefantes grandes e pequenos em diversas cores e tinha nos pés os grandes chinelos da mãe. Quando entrou na sala, lançou-me um olhar rápido e penetrante e foi logo para a poltrona onde estava sentado o engenheiro Inbar. Como se eu não fosse senão um jornal de hoje ou de ontem esquecido no sofá. Ou como se sempre, toda noite, eu fizesse uma parada aqui em meu caminho para a terra de Ubangui-Chari, e não houvesse nisso nada de novo.

"Você esteve em Jericó hoje?", perguntou Esti a seu pai.

"Estive."

"Comprou o que lhe pedi?"

"Não comprei."

"Era muito caro?"

"Exatamente."

"Você vai tentar procurar de novo para mim, quando for a Belém?"

"Sim."

"E diga, foi você quem o trouxe aqui?"

"Sim."

"O que houve? O que foi que aconteceu?" (Eu ainda não tinha merecido uma palavra nem um olhar de Esti. Fiquei calado.)

"Os pais dele viajaram e ele perdeu a chave de casa. Como aconteceu comigo quando eu era um estudante em Berlim. Nós nos encontramos na rua Gueula, e eu sugeri que ele viesse para nossa casa. Sua mãe já o alimentou. Ele pode dormir esta noite no sofá da sala, ou com você, no seu quarto, na cama dobrável. Como você quiser."

Então, de repente, Esti se dirigiu a mim sem voltar a cabeça:

"Quer dormir no meu quarto? Promete contar umas histórias bem doidas antes de dormir?"

"Tantofaz", meus lábios balbuciaram, sem minha participação, porque eu estava atônito.

"O que foi que ele disse?", perguntou Esti ao pai, um pouco preocupada. "Você por acaso ouviu o que ele disse?"

"Acho", respondeu o engenheiro Inbar, "acho que ele ainda está considerando as duas possibilidades."

"Considerando, conderisando", riu Esti. "Que ele durma então aqui na sala e acabou a história. Boa noite."

"Mas, Esti", consegui finalmente gritar, mas fraquinho.

"Boa noite", disse Esti e passou por mim em seu pijama de verão com elefantes e os chinelos grandes da mãe, e o cheiro de seus cabelos molhados ficou lá, não passou.

"Boa noite, pai."

E lá fora, no corredor, ela disse:

"Bem, então que seja no meu quarto, tantofaz."

Alguém já viu alguma vez o quarto de uma menina tarde na noite, já na hora de dormir, quando a única luz acesa é a do abajur ao lado da cama?

Bem, um quarto de menina também tem paredes, e janelas, chão e teto, móveis e porta. É um fato. Mesmo assim, é como chegar a um país totalmente diferente, um país estranho cujos habitantes não se parecem em nada conosco. Não há, por exemplo, cartuchos de bala de fuzil e de pistola no peitoril da janela. Não há tênis sujos de lama debaixo da cama, bem lá no fundo. Não há pilhas de cordas, ferros, ferraduras, livros empoeirados, estalinhos da última festa de Purim, cadeados velhos e elásticos por todos os cantos. Não há engrenagens nem fios elétricos. Nem bolas de gude, migalhas, filmes. Não há pôsteres antigos do movimento subterrâneo escondidos entre o armário e a parede, nem tampouco, pelo visto, fotos obscenas escondidas entre as páginas do livro de geografia. Num quarto de menina não há, nem seria possível haver, um crânio de gato nem latas de cerveja vazias e parafusos e pregos e molas de relógios desmontados e cadarços e ponteiros e lâminas de canivetes, nem desenhos de navios de guerra em chamas por toda a parede.

Ao contrário.

No quarto de Esti, a própria luz tinha uma espécie de cor: uma luz castanho-avermelhada e quente, por causa da cúpula de ráfia vermelha do abajur. Havia duas janelas cobertas por cortinas azuis que eu já tinha visto mil vezes do lado de fora e não acreditava que as veria por dentro em toda a minha vida. No chão, havia uma esteira pequena de palha trançada. Um armário branco com gavetas marrons. Entre esse armário e a parede, como que num vão cheio de sombras, havia uma escrivaninha pequena e arrumada e sobre ela eu vi os cadernos de Esti, os lápis dela, as aquarelas dela. E uma cama baixa, já preparada para dormir, entre as duas janelas, e, na cabeceira, um tapete dobrado cor de vinho (uma segunda cama, a cama dobrável, fora trazida em minha homenagem e colocada o mais próximo possível da porta).

Num dos cantos havia uma cadeira sem encosto, coberta por uma toalhinha, e, sobre ela, um ao lado do outro, um jarro alto com ramos de pinheiro e uma cegonha feita de uma pinha e palitos coloridos. No quarto havia mais duas cadeiras. De uma delas eu quase

não conseguia tirar os olhos. Tudo isso era iluminado pelo abajur com uma luz serena e uniforme, castanho--avermelhada. *Você está num quarto de menina*, pensei. *Você está com Esti*, pensei, *você está aí sentado sem dizer nada porque é um grande boboca. Sumchi, com base em Sumchise toca.* Esse pensamento tampouco me ajudou a encontrar as palavras adequadas para entabular uma conversa. Com grande sofrimento consegui finalmente dizer uma frase mais ou menos assim:

"O meu quarto, lá em casa, é totalmente diferente."

Esti disse:

"É claro. Mas agora você está aqui, e não lá."

"Sim", disse eu (porque era verdade).

"O que você tanto olha?", perguntou Esti.

"Nada de especial", eu disse. "Só estou aqui sentado e... só sentado. Não estou olhando para nada de especial." (É claro que isso era mentira. Eu quase não conseguia tirar os olhos do encosto da outra cadeira, sobre o qual se estendia o suéter branco e amado; o suéter que eu, com chiclete, fiz grudar muitas vezes na carteira dela, na sala de aula. *Deus*, pensei, *por que você*

*me fez tão imbecil? Por que foi que eu nasci? Seria melhor
não existir agora. Em geral. Em lugar nenhum. Talvez apenas nas montanhas do Himalaia ou na terra de Ubangui-
-Chari, e mesmo lá não se precisa de um idiota como eu.)*

E assim, depois que acabaram as palavras que eu
tinha conseguido reunir, fiquei sentado em silêncio
na cama dobrável no quarto de Esti, a mão direita ainda bem fechada em torno do apontador e um pouco
suada dentro do bolso. Esti disse:

"Será que você não prefere mesmo dormir na sala?"

"Não tem importância", sussurrei.

"O que não tem importância?"

"Nada, nada mesmo."

"Está bem. Como queira. Agora eu vou para a cama
e me virar para a parede. Para você poder se arrumar
enquanto isso." Mas eu não tinha pensado em me arrumar. Do jeito que estava, com a mesma roupa, um
calção curto de ginástica e minha camisa dos Chash-
monaim, enfiei-me embaixo do fino cobertor. Apenas
tirei os tênis e joguei o mais longe que pude embaixo
da cama. E disse:

"Pronto. Tudo bem."

"Se quiser, conte-me sobre a revolta do malvado *mahdi* no Sudão, como você contou para Raanana e Nurit e para todos os outros, naquela vez em que Shitrit estava doente e houve duas aulas livres."

"Mas você não quis ouvir daquela vez."

"Agora não é aquela vez", disse Esti. E com razão.

"Se você não ouviu essa história, como sabe que era sobre a revolta do *mahdi* no Sudão?"

"Eu sei. Aliás, eu sei de tudo."

"Tudo?"

"Tudo sobre você. E até o que você pensa que eu não sei."

"Tem uma coisa que você não sabe e eu nunca vou revelar", eu disse bem rápido e num fôlego só. O rosto virado para a parede e de costas para Esti.

"Eu sei."

"Não é verdade."

"É."

"Não é."

"É."

"Então diga, vamos ver."

"Não."

"Sinal de que você está dizendo que sabe, mas não sabe. Não sabe de nada."

"Sei sim. E como."

"Então diga agora, e eu juro que, se for o segredo verdadeiro, eu vou dizer que é o segredo verdadeiro."

"Você não vai dizer."

"Juro que vou dizer."

"Está bem. É isto: você gosta de uma menina da nossa turma."

"Besteira. Nada disso."

"E você escreveu sobre ela poemas de amor."

"Sua doida maluca. Pare com isso."

"Num caderninho preto."

Vou roubar um termômetro no armário dos remédios, decidi no mesmo instante. E vou quebrá-lo. Vou tirar o mercúrio do termômetro e no recreio das dez horas vou misturar um pouco no chocolate do Aldo e um pouco mais no chocolate de Goel Germansky. Que morram. E também no de Bar Kochba e Eli e Tarzã Bamberger. Que morram todos de uma vez por todas. Esti tornou a dizer:

"Num caderninho preto e pequeno. Poemas de amor e também poemas sobre como você vai fugir com essa menina no fim do verão para as montanhas do Himalaia e para uma terra na África que tem um nome que eu esqueci."

"Cala a boca, Esti, isso é tudo mentira e invenção daqueles canalhas. Eu não gosto de nenhuma menina."

"Está bem", disse Esti, e apagou de repente o abajur junto à cama, "está bem." E acrescentou, no escuro: "Que seja como você quer. Agora vamos dormir. Eu também não gosto de você."

E depois, quando a luz do lampião da rua entrava em faixas através dos espaços entre as persianas, desenhando faixas também na mesa e nas cadeiras e no armário e no chão, e em Esti, com seu pijama de elefantes, sentada na extremidade da esteira aos pés de minha cama, nós conversamos mais um pouco. Sussurrando. Eu contei para ela quase tudo: como era o tio Tsemach e como era eu, que me parecia com ele, um menino maluco, quem sabe seria no futuro um especulador. Como era abandonar tudo e ir para as nascentes do rio Zambeze na terra de Ubangui-Chari. Como ia deixar para trás minha casa, o bairro e a cidade. E como consegui perder, num único dia, uma bicicleta, e um trem elétrico, e um cão, e a casa de meus pais. Como fiquei sem nada a não ser o apontador que tinha achado. Até muito tarde, talvez até quase onze da noite, eu falei sussurrando para Esti e ela apenas escutou. Mas, depois do silêncio que se fez quando terminei de contar, Esti disse de repente:

"Está bem, mas agora me dê esse apontador."

"O apontador? Para que você quer o apontador?"

"Porque sim. Dê para mim."

"Tome. Você vai gostar de mim?"

"Não. E cale logo essa boca."

"Então por que você tocou no meu joelho?"

"Quem sabe assim você se cala? Ele sempre precisa falar e arranjar encrenca. Pare de falar."

"Está bem", eu disse. E tive de acrescentar:

"Esti."

Esti disse:

"Basta. Não fale. Agora eu vou sair daqui, vou dormir no sofá da sala. É isso. Então não diga mais nada. Nem amanhã. Boa noite. E não existe um lugar assim, terra de Ubangui-Chari, mas é maravilhoso você ter inventado um lugar onde só nós dois vamos estar. Até amanhã."

Durante seis semanas Esti e eu namoramos. Todos aqueles dias foram quentes e azuis, e as noites também eram azul-escuras. Em Jerusalém, o verão foi profundo e amplo quando nos amávamos, eu e Esti. O amor durou até o fim do ano letivo, e mais um pouco, nas férias mais longas. Com que nomes nos chamavam na turma, que histórias contavam, que piadas inventaram! Mas nada nos importou o tempo todo em que nos amamos. Depois o namoro acabou e nos separamos. Não quero contar aqui como nos separamos, e qual foi a causa, e por quê. Eu já escrevi na introdução a esta história que o tempo passa, tudo passa e se troca no mundo. Na verdade, este é o fim da minha história. Eu poderia ter contado tudo numa só frase: Uma vez me deram uma bicicleta de presente e eu a troquei por um trem e por ele recebi um cão em cujo lugar achei um apontador que eu dei de presente por amor. E nem isso está correto, pois o amor estava lá o tempo todo, ainda antes de eu dar o apontador e antes de as trocas começarem.

Por que o amor foi interrompido, essa é a questão. E também podem ser feitas muitas outras perguntas: por que passou e terminou aquele verão? E o verão depois dele? E mais um verão, e mais um? Por que o engenheiro Inbar ficou doente? Por que tudo muda e se troca no mundo? E por que, já que se estão fazendo perguntas, por que agora que eu cresci ainda estou aqui, e não nas montanhas do Himalaia nem na terra de Ubangui-Chari?

Epílogo

Tudo bem

Pode-se dispensar a leitura deste capítulo.
Eu mesmo só o escrevi por obrigação.

À meia-noite, e talvez depois da meia-noite, meu pai e minha mãe chegaram, pálidos e assustados, na casa da família Inbar.

Já às nove e meia meu pai tinha começado com as buscas. Primeiro foi perguntar à tia Edna, no bairro de Ieguia-Kapaim. Depois voltou para nossa vizinhança e perguntou, em vão, a Bar Kochba e a Eli Weingarten. Às dez e quinze chegou à casa dos Germansky e, quando acordaram Goel e perguntaram a ele e ele respondeu que não sabia de nada, meu pai começou a suspeitar e o submeteu a um breve interrogatório cruzado, no decorrer do qual Goel jurou algumas vezes, assustado, que o cão era dele e que tinha até uma permissão da prefeitura para ficar com o animal. Meu pai o dispensou com as palavras: "Ainda vamos falar sobre isso em outra oportunidade" e continuou a percorrer as casas dos vizinhos. Perto da meia-noite ele finalmente soube, pela sra. Suskin, que eu fora visto sentado nos degraus da mercearia do sr. Bialig, quase chorando, e que meia hora depois ela tinha olhado por acaso através das persianas da janela norte de sua casa e eu ainda estava ali, sentado nos degraus, e de repente "apareceu o senhor engenheiro Inbar e levou o menino para algum lugar, com palavras bonitas e promessas".

Com o rosto muito branco e com a voz tranquila e baixa meu pai disse:

"Eis aí a nossa joia. Dormiu vestido, esse menino maluco. Levante de uma vez. E, por favor, vista seu suéter, que sua mãe carregou para você de casa em casa até meia-noite. Agora vamos direto para casa; e vamos acertar todas as contas amanhã. Em frente."

Ele se desculpou com o engenheiro Inbar e sua mulher, agradeceu-lhes e pediu que estendessem seus agradecimentos também à amável Ester (ao sairmos, eu a vi de longe por um instante, pela porta aberta da sala de estar, se revirando no sono por conta das conversas e do barulho, balbuciando alguma coisa, com certeza sussurrando que tudo era culpa dela e que não me castigassem. Mas ninguém ouviu, a não ser eu. E nem mesmo eu ouvi).

Bem acordado, lúcido e alegre, fiquei deitado em minha cama lá em casa, a noite inteira, até o amanhecer. Não dormi e não queria dormir. Vi como a lua se retirava da minha janela e como o primeiro raio de luz surgia a leste, e depois as silhuetas das montanhas e

as próprias montanhas. Quando o sol começou a acender faíscas nas calhas de água e nas vidraças das janelas, eu disse quase em voz alta:

"Esti, bom dia."

E realmente começava um novo dia. À mesa do café da manhã, meu pai disse à minha mãe:

"Está bem. Como queira. Que ele cresça e seja como Iotsemach. Não vou falar mais nada."

Minha mãe disse:

"Se você não se importa, meu irmão chama-se Tsemach. Tsemach, e não Iotsemach."

Meu pai disse:

"Está bem, que seja. Da minha parte, tudo bem."

Na turma, no recreio das dez, já apareceu escrito no quadro de giz:

À *meia-noite, quando as estrelas despontaram,*
Esti e Sumchi se apaixonaram.

E o professor, o sr. Shitrit, apagou tudo com o apagador e, sem se zangar, admoestou a turma dizendo:

"Que nenhum cão mova sua língua! Calem-se todas as bocas!"

No mesmo dia, quando voltou do trabalho, às cinco horas da tarde, meu pai foi sozinho à casa da família Germansky. Ele explicou, se justificou, expressou abertamente sua opinião, recebeu de volta o trem elétrico e se dirigiu, em passos contidos porém enérgicos, à casa da família Castelnuovo. Lá, a preceptora armênia Luísa o levou à cheirosa biblioteca e, sem meias palavras, meu pai expôs sua opinião também à sra. Castelnuovo, desculpou-se, recebeu um pedido de desculpas, devolveu o trem e trouxe a bicicleta.

E assim, finalmente, tudo voltou a seu lugar na maior paz.

Verdade, a bicicleta foi confiscada e ficou fora do meu alcance, trancada no porão durante três meses. Mas eu já escrevi que até o fim do verão tudo mudou, nada era como tinha sido antes, e começaram a acontecer outras coisas, cujo lugar talvez seja em outra história.

Janeiro-fevereiro de 1977

Glossário e notas

Adar

Sexto mês do calendário judaico, corresponde mais ou menos a fevereiro/março.

A romãzeira...

"A romãzeira exalou seu aroma, desde o mar Morto até Jericó": verso de uma canção cuja letra pertence ao Cântico dos Cânticos.

Bialik

Chaim Nachman Bialik (1873-1934), um dos maiores poetas em língua hebraica.

Chanuká

Festa judaica que comemora a libertação do Templo da dominação dos sírios helênicos (165 a.C.), quando teria ocorrido um milagre: uma quantidade de óleo que poderia manter acesa por um dia a chama (que deve estar sempre acesa) no Templo durou oito dias. Na festa, cuja duração é de oito dias, acende-se uma vela no primeiro dia, duas no segundo, até que, no oitavo dias, haja oito velas acesas. Por isso a festa também é chamada de "Festa das Luzes".

David Ben-Gurion

David Ben-Gurion (1886-1973), líder sionista e primeiro-ministro israelense, foi o primeiro chefe de governo do Estado de Israel e um de seus principais fundadores.

Erets Israel

"Terra de Israel." Nome pelo qual os judeus sionistas chamavam a Palestina antes da fundação do Estado de Israel.

Grande Benemérito

Alusão ao barão de Rothschild, banqueiro e filantropo que financiou muitos projetos sionistas na Palestina.

Herzl

Theodor Herzl (1860-1904), jornalista judeu-húngaro de língua alemã, fundador do movimento sionista moderno.

Lag Baomer

Festa judaica que ocorre trinta e três dias depois de Pessach.

Livro Branco

Declaração (1939) da política britânica na Palestina, sob seu mandato, segundo a qual a futura Palestina independente seria um só país com maioria árabe (frustrando a promessa do ministro do Exterior Balfour, em 1917, de um Lar Nacional para o povo judeu na Palestina e os ideais sionistas) e limitando a imigração judaica para a Palestina, às vésperas do Holocausto.

Pessach
Festa judaica que comemora a libertação dos escravos judeus do Egito sob a liderança de Moisés e o início de sua jornada pelo deserto rumo à Terra Prometida.

Purim
Festa judaica que comemora a salvação dos judeus da Pérsia de serem mortos, resultado da trama do ministro Haman, graças à influência da rainha Ester, judia, sobre seu marido, o rei Assuero.

"Que nenhum cão..."
Aqui o professor cita um texto bíblico, de Êxodo 11,7.

Sandak
Na cerimônia da circuncisão, o homem em cujo colo se encontra o bebê que está sendo circuncidado.

Se alguém der...
"Se alguém der todos os bens de sua casa por amor": citação algo incompleta de uma passagem do Cântico dos Cânticos.

Seder

Jantar cerimonial realizado na primeira ou nas duas primeiras noites de Pessach, em que se narra a história do Êxodo.

Shabat

Sétimo dia da semana judaica (corresponde ao sábado) santificado, dedicado ao descanso, às orações e ao lazer.

Shavuot

Festa judaica (Pentecostes) de caráter agrícola (festa dos primeiros frutos da terra colhidos no verão) e histórico (recebimento da Torá no monte Sinai).

Shemá Israel

Declaração de fé judaica sucinta e definidora, de acordo com a qual Deus é um só.

Shevat

Quinto mês do calendário judaico, corresponde mais ou menos a janeiro/fevereiro.

Tamuz

Décimo mês do calendário judaico, corresponde mais ou menos a junho/julho.

Tel-Chai

Antiga colônia judaica, na Galileia, hoje incorporada ao kibutz Kfar Guiladi, cenário de um dos primeiros confrontos armados entre judeus e árabes na Palestina, quando estes, em 1920, atacaram o colonos. Um monumento marca o lugar e o acontecimento.

Tishá-beAv

Data de luto judaica, corresponde à da destruição dos dois Templos da Antiguidade, respectivamente, pelos babilônios e pelos romanos.

Tu-beShevat

Festa judaica que celebra o dia da árvore, durante a qual se plantam árvores.

OBRAS DO AUTOR

A caixa-preta

Cenas da vida na aldeia

Uma certa paz

Como curar um fanático

Conhecer uma mulher

De amor e trevas

De repente nas profundezas do bosque

Do que é feita a maçã (com Shira Hadad)

Entre amigos

Fima

Judas

Os judeus e as palavras (com Fania Oz-Salzberger)

Mais de uma luz

O mesmo mar

Meu Michel

O monte do mau conselho

Não diga noite

Pantera no porão

Rimas da vida e da morte

Sumchi: Uma fábula de amor e aventura

Esta obra foi composta por Sarah Bonet
em FreightText e impressa em ofsete pela Geográfica
sobre papel Pólen Bold da Suzano S.A. para a
Editora Schwarcz em janeiro de 2021

A marca FSC® é a garantia de que a madeira utilizada na fabricação do papel deste livro provém de florestas que foram gerenciadas de maneira ambientalmente correta, socialmente justa e economicamente viável, além de outras fontes de origem controlada.